AF474196

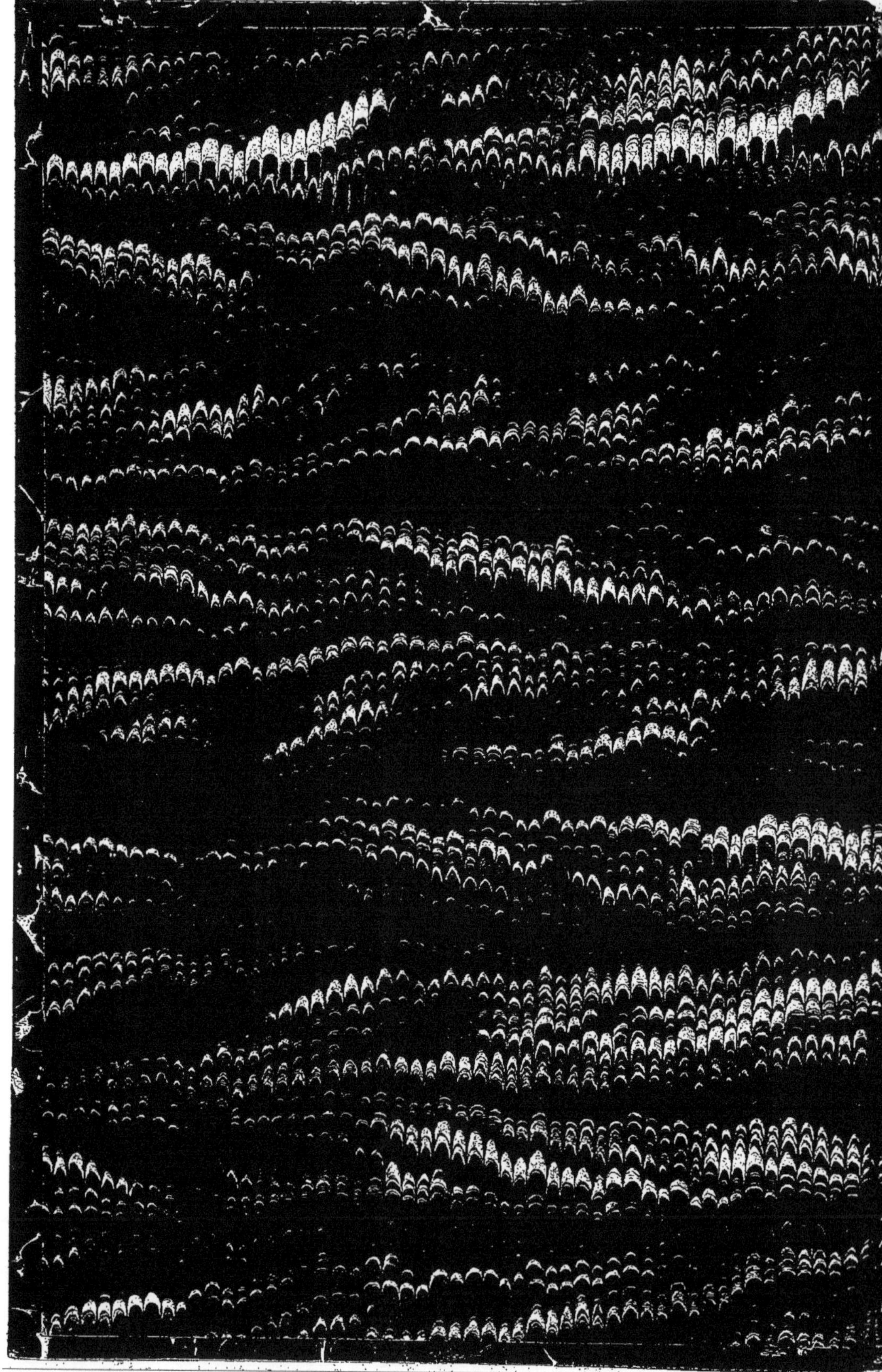

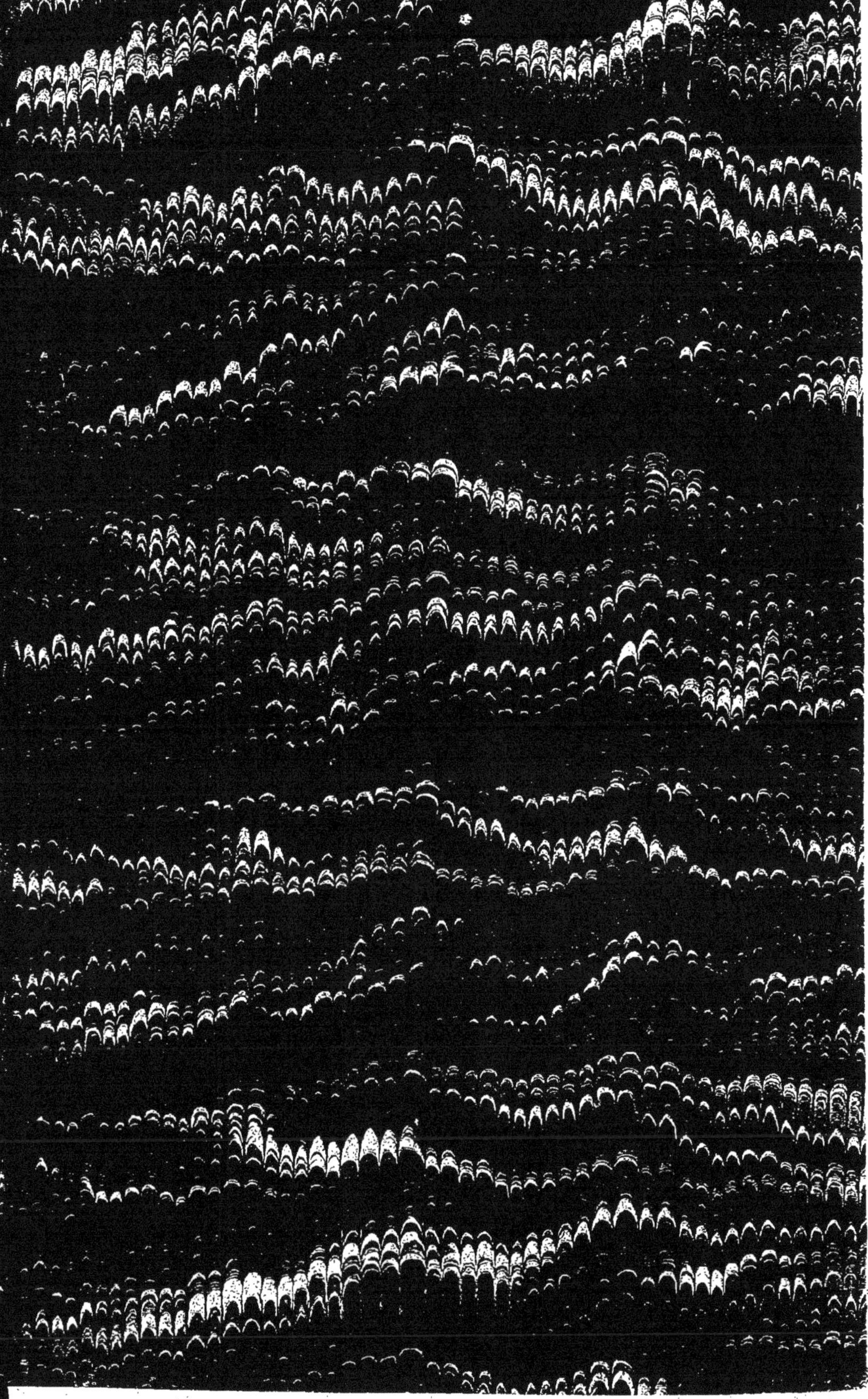

PAUL VERLAINE

MES

HOPITAUX

PARIS
LÉON VANIER, LIBRAIRE-ÉDITEUR
19, QUAI SAINT-MICHEL, 19

1891

MES HOPITAUX

La misère et le mauvais œil
Soit dit sans le calomnier
Ont fait à ce monstre d'orgueil
Une âme de vieux prisonnier

PAUL VERLAINE

MES HOPITAUX

PARIS
LÉON VANIER, LIBRAIRE-ÉDITEUR
19, QUAI SAINT-MICHEL, 19

1891

MES HOPITAUX

I

Au moins ce ne fut pas la faute de la littérature, qui l'aurait comblé d'or et d'honneurs, mais bien un peu la sienne propre et celle d'autrui, n'est-ce pas, chère madame ? — s'il s'était trouvé à l'hôpital. Sans plus insister sur ce point, aussi bien insignifiant, ce n'est pas moi qui parlerai, c'est lui qui parlera, et ce, plutôt impersonnellement, selon son tempérament particulier de poète comme ça.

Dans de hautes salles dans un littéral palais, se passèrent les semaines d'apprentissage. Les immenses rideaux blancs aux fenêtres, et le beau soleil de juillet qu'il fit lui garnirent l'âme d'une chaude fraîcheur qu'entretenait au point quelque argent comptant et à échoir à coup sûr, en sorte que la situation actuelle, sur place et au dehors, n'apparaissait pas pénible, fière tout au plus dans son embarras léger. Des médecins en chef et de leurs états-majors d'internes et d'externes, qu'en dire sinon qu'ils étaient très bien ; des employés aussi — (l'Eglise dit *serviteurs*) — et des malades, sinon que les pauvres gens faisaient de leur mieux pour guérir. Une mort seulement sur ces quarante et quelques jours, un vieillard qui s'éteignit en balbutiant : « Maman, maman ! » En somme, une très bonne impression première, un début courageux, mais facile...

Moins facile, sinon moins courageuse la seconde épreuve supportée. Au palais dur et cru, mais comme protecteur ont succédé des baraquements, sapin et briques, à l'instar, paraît-il, des hôpitaux volants américains. L'extérieur ressemble passablement à quelque abattoir, dedans c'est l'architecture d'une chapelle méthodiste ; il n'y manque que des citations de saint Paul sur écriteaux blancs accrochés aux murs de bois verni. On dirait aussi du kursaal d'une station balnéaire nouvellement installée.

C'est deux jours après la Toussaint. Les fenêtres donnent sur un jardin d'horticulteur fleuriste, riverain du chemin de fer de ceinture. Un rang d'acacias joue la lisière d'un bois dont l'intérieur des fortifications vues derrière serait l'épaisseur ; mais les feuilles, se raréfiant, défont vite cette illusion des yeux. Les médecins et les élèves sont toujours parfaits, mais semblent à la fois un peu bien sceptiques et infatués ; le personnel, mon Dieu, toujours irréprochable, mais les malades ne paraissent pas raffoler du départ des Sœurs. Eux-mêmes sont quinteux et quelques-uns plus bêtes que de droit. Vers 2 heures, le garçon de nuit range sur un grand buffet central appelé *appareil* les pots d'étain pour les tisanes. Une alèse (ou demi-drap), dont il va les couvrir durant le balayage, fait l'effet, comme il l'a jetée sur ses épaules dont elle pend autour de son corps et le long de ses bras, du surplis d'un prêtre disposant un tas de Saintes-Huiles : de l'ouate, en tampons et en flocons, çà et là, complète la vision.

Bons sommeils parfois. On vous réveille au petit jour pour « faire vos couvertures ». Une fille de salle est une paysanne récemment descendue du train, presque du coche. Un peu simple sans trop de naïveté et très bonne vraiment. Pas l'ombre d'une pensée d'intérêt. Elle s'y prend si gentiment pour vous dire : « Paresseux, dressez donc vous, qu'on arrange vos oreillers », qu'on est tout charmé sans pouvoir retenir un sourire vaguement sensuel, car elle est jeune encore et de gentil visage.

Guère d'incidents au cours d'un semestre d'hiver écoulé parmi la touffeur de feux de coke dans de la fonte. Un alcoolique,— un cocher !— très raisonnable dans la journée, s'échappe un matin vers 4 heures et saute mi-nu par une des fenêtres, de plain-pied d'ailleurs, à quelque cinquante centimètres près, et revient en civière, arrêté qu'il avait été par des hommes de l'octroi, avec cette parole : « Mais ce n'est pas moi, je vous assure. » Il fait un clair de lune glacial, découpant les objets comme avec des ciseaux, faussant toute perspective, soleil louche au rayon fou, et c'est très Thessalien et très Canidiaque.

Morts insignifiantes. Et puis l'on s'y fait. Situation pécuniaire assombrie qui va tourner à l'obscur.

Un entr'acte noir absolument : Misère et presque corde, si bien qu'une recrudescence de la maladie et la rentrée dans un troisième hôpital sont les bienvenues. Au moins c'est la paix loin des gens et la souffrance laissée tranquille. Les idées de mort, mort aux gens, mort à soi-même, s'évaporent dans les odeurs d'éther et de phénol. Le sang bat plus calme, la tête raisonne de nouveau, les mains se font ce qu'elles furent plutôt toujours, bonnes et paisibles. Aussi bien le lieu sied à l'apaisement qu'il crée, fin du XVIIIe siècle avec arrangement et accommodement Louis-Philippe et Quarante-huit. L'intérieur de l'immeuble a surtout un air de ces maisons de province à très hauts plafonds. Le parquet, cruellement ciré, parfois bombé de vétusté, dit, par sa disposition en fantasques biseaux, l'âge considérable de ce logis. C'est dans une petite salle en retrait d'une autre beaucoup plus longue, derrière un tambour vitré isolant sans isoler du reste des malades qui sont quatre. Cela forme chambre prenant jour largement sur un faubourg relativement peu passant de la rive gauche, en face du jardin vert clair d'un établissement supérieur de l'État. Nous sommes au printemps et il y a des oiseaux.

L'intensité de la situation à la fois désespérée et à essayer de sauver par la patience quand tout pousse à des violences superbes qui perdraient affreusement les choses, met un bandeau sur les yeux et de la cire dans les oreilles. Des laideurs non intéressantes sans nul doute et des sottises que de la banalité rend plus horribles encore, échappent. Une chapelle odieusement moderne où toutefois chante une jolie voix sur un harmonium discret. Comme il y a un affreux costume pour les femmes, on n'y voit point de malades du « beau sexe », à l'exception de deux ou trois vieilles et de toutes fluettes gamines déjà pleines d'œillades, pour la plupart.

Paraît qu'il existe au fond, à gauche du pavillon d'accouchement, des baraquements comme là-bas. Merci. Soupé.

Le gaz, en le définitif hôpital, est contenu dans son juste rôle de domestique. Il éclaire les cuisines, offices, corridors, escaliers — et les cabinets.

Définitif s'emploie ici parce qu'on aspire à ne plus fréquenter dans ces sortes d'asiles, quitte à envahir des gîtes pires si la malchance s'obstine aussi.

II

Là, là, tout beau, Monsieur du Poète. La vie n'est pas si courte que cela, ni si brève. Elle est faite de transition. La patience y a son rôle qui est prépotent. D'autre part, les causes déterminantes de votre initiation ès-hôpitaux n'ont pas, tant s'en faut, disparu. Enfin, le vœu de connaître d'autres abris n'était pas raisonnable et se trouvait peut-être trop ambitieux dans l'espèce. Vous l'avez compris et vous vous êtes soumis à l'inévitable. De nouvelles impressions vous attendaient dans les mêmes milieux, et s'il doit y avoir une fin différente de la fin naturelle à ces habitudes d'ascète un peu malgré soi, nul ne le sait. Toujours est-il qu'il y existe une suite dont témoignent les quelques fragments qui vont suivre et que voici succinctifiée.

On a prononcé le mot de convalescence, et c'est maintenant un pavillon central, diminutif et simplificatif du pavillon central des Tuileries, mais napoléonisé par un vaste écusson impérial de front : l'aigle au repos sur des foudres et, derrière, en draperie, le manteau semé d'abeilles, fourré d'hermine, que borde le collier d'aigles minuscules où pend une grosse croix d'honneur, le tout en pierre, bien entendu. Assez lourd et banal et laid, par parenthèse, soit dit sans manquer de respect à

« César décédé ».

A droite et à gauche, un rez-de-chaussée et un étage de hautes vitres et, en retour, deux ailes, pierre, brique et bois, suggestives d'immenses communs, écuries et remises sans fin, le tout un peu grandiose avec quatre grands jardinets autour d'un bassin assez vaste et, bien en avant, une énorme pelouse piquée çà et là de corbeilles plutôt pauvrement fleuries, mais le palais n'est-il pas pour les pauvres et faut-il l'oublier ?

Les bâtiments s'enfoncent très profonds sous forme de galeries latérales assez basses pour que l'œil discerne, légers et clairs, les arbres gentils d'un bois plébéien des environs immédiats de Paris au milieu duquel, d'ailleurs, comme dans une clairière, s'élèvent ces constructions après tout agréables.

C'est Napoléon III le Bien-Intentionné qui fonda cet asile pour les convalescents des hôpitaux. La disposition même des œuvres intérieurs, le caractère même des us et coutumes de la maison, proclament jusqu'à l'excès cette origine : longs couloirs de caserne, chambrées à trois lits, qui rappellent les *petites salles* d'hôpitaux, et une discipline un peu de prison ; les réfectoires aux tables de marbre rouge, aux colonnettes de fonte gaiement vernies, reportent la mémoire aux premières manifestations des bouillons Duval, cette création de la seconde époque impériale à son apogée ; les noms, pour la plupart suisses, des galeries, salles et dortoirs, sonnent bien dans une institution de l'élève favori du brav' général Dufour : enfin le règlement, œuvre évidente du philanthrope teint de fouriérisme qui fut le vainqueur de Saarbrouk, ce règlement lu et relu à toutes occasions par des surveillants, j'allais dire par des gardiens, à moustaches grises d'ex-grenadiers de Magenta, de médaillés du Mexique et de Chine, fleure bien du prisonnier de Ham non sans quelque fumet du militarisme ataval.

Il n'y a pas jusqu'aux « circences » pour flanquer le « panem » des réfectoires, que les salles de chant et de jeux (jeux de bois : échec, dames, dominos ou mieux *doches*) ne suggèrent point au point de vue décadent de ce que la rhétorique encore en usage dans les journaux à un sou appellerait les « dons funestes d'une dictature heureusement pulvérisée sous le relèvement national ».

On reviendra tout à l'heure sur la salle de chant. La salle de jeu est, comme du reste, la salle de chant, un vaste parallélogramme meublé de longues tables et de bancs, où l'on fume en arrivant à dame ou en posant le double-*doche*.

Mais, entre les deux réfectoires, dissimulée par d'amples draperies d'étoffe rouge sombre, c'est surtout la chapelle qui parle le plus haut du fils d'Hortense et de son règne, tant le blanc et or de l'autel et du retable, tant le tapis rouge des degrés, tant les grilles et la lampe mordorées et l'harmonium accompagnateur à messe basse de « dames et de messieurs du dehors » évoquent les messes des Tuileries où s'épanouissait, en ses robes miraculeuses, la toute-belle impératrice et se gonflait un état-major de chambellans et de maréchaux, où l'empereur somnolait, comme attentif. Seulement, ici, les « fidèles » sont, au contraire, de pauvres diables, étonnés de se trouver là, sous le regard à moitié bienveillant des employés gantés de filoselle et très dévotieux, scrongnieugnieu !

Clic, clac ! Les deux voitures de l'administration bondées de « convalescents » cueillis aux quatre points cardinaux de l'Assistance publique (familièrement A. P.) débusquent de la rue qui passe devant la grille d'honneur, franchissent cette grille, et viennent déposer à la porte du bureau d'admission une trentaine d'*entrants* qui, après les formalités d'usage, inscription, visite sommaire du médecin, première lecture du règlement par le capitaine (chef du personnel de surveillance) s'égaillent vers les chambrées désignées, en emportant sous leurs bras les effets d'habillement répartis à chaque convalescent : soit une paire de chaussettes et d'espadrilles, une chemise, un bonnet de nuit, un paletot-sac bleu de Prusse, une calotte de drap, même couleur (on est aux premiers jours de mai ; le costume d'été, paletot plus léger et chapeau de paille, part du 15 de ce mois), un essuie-main et une serviette de table. Alors, direz-vous, tout convalescent est considéré comme possédant un pantalon ? Mon Dieu oui.

— « Galerie chose, chambrée telle ! »

Et le poète entre dans une pièce cirée beaucoup trop pour son « ankylose incomplète du genou gauche, consécutive à une arthrite rhumatismale. » Trois lits dont les convalescents doivent faire les literies tous les matins d'après certains principes, comme au régiment, de même qu'ils doivent balayer et cirer ce parquet, hélas ! si glissant !

Les compagnons actuels du poète sont un gardien de square, un bonhomme peu causeur, et un tout jeune homme, seize ans à peine, une tête blonde de très jolie fille anglaise que rehausse toutefois une grâce déjà virile. Il remarque la difficulté qu'éprouve le poète à mettre son espadrille gauche, se met gentiment à sa disposition. Mais la cloche sonne, on va dîner, entrée lente au réfectoire, bon repas, meilleur qu'à l'hôpital, même du dessert, quelle joie ! sortie en file indienne sous l'œil terrifique un peu du surveillant préposé au réfectoire, après une récitation à haute et intelligible voix du sempiternel règlement.

Promenade au jardin, une pipe ou deux, puis, pour la première journée, toute de fatigue et d'excitement ô que relatifs ! coucher et somme suffisant jusqu'à 6 heures, l'heure de la soupe. Soupe très bonne, à se croire aux Halles, parole d'honneur !

La seconde journée s'écoule entre le jeu de boule, sis dans un petit bois séparé du grand par des palissades, et la bibliothèque, assez bien fournie. Le poète y commence la lecture de l'*Histoire de la Restauration* par Lamartine, après la douche de vapeur ordonnée semi-quotidienne. Livre intéressant quoique et parce que méconnu et inconnu. Douche amusante comme tout.

Le soir, ascension à la salle de chant. Le jeune homme de tout à l'heure y chante des romances d'une voix exquise, intelligemment conduite. En descendant pour la chambrée et la nuitée, il est félicité principalement par le poète à qui il racontera quelques jours plus tard son histoire navrante et fière. Ils doivent quelques mois et quelques années plus tard se retrouver.

Les semaines se passent ainsi sans grands incidents — et départ avec quelques louis en poche, pour la « liberté » — définitive ?

III

Bon, voilà les bêtises qui recommencent ! Allons, bonhomme Misère, bonhomme Guignon, bonhomme Pas-de-Chance, retourne à tes « hosteaux » naturels.

Et c'est, pour la seconde fois, le littéral palais, mais que changé, qu'assombri, depuis les semaines d'apprentissage ! Les hautes fenêtres aux longs rideaux blancs ressemblent à des vantaux d'une prison pour géants ou de quelque maison de fous en rêve.

D'argent comptant, plus. De l'argent futur, sûr toujours, mais moins. En attendant, le même soleil de juillet à un an d'intervalle, mais accablant aujourd'hui, comme cholérique et cholérifère dans sa fureur ; les mêmes hautes salles, on dirait rabaissées comme un ciel d'orage qui serait menaçamment blanc d'un blanc de fer chauffé à blanc, d'un blanc funèbre, tel un convoi de vierge ; même médecin en chef : il semble moins paternel, avec de nouveaux suivants qui neparaissent pas valoir les autres. Service, à première vue, moins attentif. Jusqu'aux malades qui paraissent plus endurcis ; durant ce mois, pourtant torride et qui doit être malsain, pas un d'eux n'est mort, mais quelle mauvaise humeur, à peine suspendue par la Fête Nationale : petits extras, quelque peu plus d'élasticité dans le règlement, une décoration intérieure, à bon marché, due à l'enthousiasme collectif des malades : guirlandes de papier et des R. F. faussement dorés sur des cartouches tricolores comme les guirlandes. Vingt jours là passés.

L'asile napoléonien encore un coup. En août. Un août pluvieux. L'an dernier, c'était par un beau mois de printemps : il y avait des roses de toutes nuances au long de balustrades envahies en ce temps par les fleurs, aujourd'hui vertes et noires de feuilles et de branches. Les arbres des quinconces et du bois jaunissent par nombreuses places et le vent emporte déjà les feuilles. Le vent aussi pleure dans les corridors à certains jours et les courants d'air, toujours mauvais, commencent à devenir « dangéreux », ainsi que me le fait observer un Parisien, pulmonique, envoyé ici par erreur, indubitablement.

Fraîches et plus les fins de nuit, et l'on se met à inaugurer le système d'hiver qui consiste à plier en deux sur la longueur l'assez mince « couverte » qu'on s'était contenté de déployer jusqu'à ce temps exceptionnellement rigoureux.

La nourriture qui, comparée à celle, d'ailleurs suffisante et saine, quoique monotone, des hôpitaux proprement dits, était réellement si bonne, si variée, contracte maintenant un goût à la fois de trop peu (dans le sens strict du mot) et de par trop. D'aucuns parmi les convalescents attribuent ce changement pour un mal au départ imminent des Sœurs. Leur remplacement rétablira-t-il le bon ordre d'auparavant, aussi bien dans la discipline vraiment paternelle (ou maternelle, comme on voudra), que quant aux choses du réfectoire ? Car, ici aussi, quelque relâchement, que complémente et corolle, on serait tenté de le croire, quelque maltalent pour la bonne administration et l'équanimité surtout qu'il faudrait pour faire mieux, règne trop et ne gouverne pas assez.

On s'ennuie; la bibliothèque est toute lue; connu chaque arbre du petit bois côtoyant une maison de fous et de folles de qui l'on entend les cris, quels cris ! vers le milieu du jour : *A dæmone meridiano libera nos, Domine!* Les vaches même, laitières pour pulmoniques, qui paissent dans une clairière en miniature, ne sont plus amusantes et n'ont pas l'air de s'amuser non plus. C'est navrant. Le soir vient. On a dîné réglementairement. Se coucher pour ne pas dormir est bête... Et l'on monte à la salle de chant.

Drôle, ça.

Comme qui dirait la concrétion, la synthèse, la quintessence du goût musical parisien populaire, la romance y domine. Les vieilles reproductions en ce genre persistent, les nouvelles battent à plates coutures leurs contemporaines à visées comiques. C'est ainsi que *Comme à vingt ans*, *Moine et bandit*, *e tutti quanti* alternant avec *Petit Pinson* ou *Carmen, vous n'avez pas d'âme*, etc., sont bien plus fréquemment chantés et bien mieux goûtés et, en dépit du règlement un peu bien draconien ici, applaudis à grand renfort « de cannes, béquilles et béquillons », que tels ou tels *Docteur Isambard* ou *Joséphine elle est malade*.

C'est, aussi bien, une remarque faite depuis belle lurette que le faubourien, ou ce qu'on nomme ainsi, c'est-à-dire le sceptique naïf et le gouailleur spontané par excellence, est volontiers élégiaque... en musique et plus épris du mélodrame sentimental et haletant, rose et noir, que du vaudeville et de la farce. Nulle conclusion d'ailleurs à tirer de là comme des trois quarts de toutes les remarques, n'est-ce pas ?

Mais quels *interprètes* pour la plupart ! Les trois chansons historiques (on parle sérieusement), de la période dont nous venons de sortir un peu éclopés tous, *En Revenant de la Revue*, *Les Pioupious d'Auvergne*, *le Père la Victoire*, jolies au possible comme timbre, et comme « poèmes », amusantes, spirituelles, très spirituelles même, quoi qu'en aient certains délicats qui seront toujours malheureux, se trouvent écorchées comme ! Gestes faux comme la voix gutturale et traînarde à moins que fêlée, ô Paris ! ou alors terriblement méridionale ! Pataquès inouïs qui feraient douter si le chanteur comprend ce qu'il « envoie », terminaison en ô des rimes, à l'instar de quelques « artistes » de très infimes cafés-concerts, et ce, par chic, par un naïf, au fond, et quasi touchant dandysm... ô. Et ces gentilles *scies* topographiques, si l'on ose ainsi parler, où défilent sur des airs pimpants tous les quartiers et monuments de la capitale, dans des circonstances toujours drôles et drôlement racontées, *les Statues en goguette*, *l'Gaulois du pont d'Iéna*, *la Chaussée Cli-*

gnancourt, la Samaritaine, Derrière l'omnibus, que bougrement et foutrement mal rendues par ces braves gens, d'ordinaire délurés et farauds autant que des convalescents peuvent l'être, mais une fois « sur les planches » — c'est une véritable petite scène — apeurés, gauches et pataudS. Ce n'est que quand ils débitent du « sérieux » qu'ils deviennent comiques, sauf de rares exceptions! La romance, déjà pas mal ridicule essentiellement, prend des proportions de parodie à perte de vue dans ces honnêtes bouches où les rogommes passés et les actuelles bronchites accumulent les notes les plus étonnantes. Il y aussi la non-intelligence, sinon des choses chantées, du moins des intentions de l'auteur, galfâtre ou non. Par exemple, *les Bœufs*, de Pierre Dupont, admirable poème, le chef-d'œuvre peut-être, avec les *Pins* et les *Sapins*, du vrai poète intense qui sortira du demi-oubli d'aujourd'hui, vous les figurez-vous, comme ils le furent à l'époque dont il est question, traduits avec l'accent affecté d'un rustaud de Séne-et-Ouése? Et la chanson patriotique! Pauvres grands cuirassiers de Reischoffen, douloureuse Alsace-Lorraine, toute belle et toute pure figure de Marceau, du moins soyez cléments à « vos chantres » dans ces demeures, à la pensée d'ailleurs, que ce sont des pauvres, des infirmes, des souffrants, des simples pour la plupart, sincères dans le choix de leurs « numéros » ; peut-être bien aussi qu'il y a parmi eux quelque survivant de la charge épique dont pleure, encore toute fière, la patrie; que ce gamin qui braille : « Il est mort ce soldat stoïque » a, dans sa giberne de *scolot*, la feuille du collet et les étoiles de la manche, que ce bon garçon à l'accent tudesque est un déserteur de l'armée du Reichland...

Mais quelle est cette voix? Le poète la connaît et ne la connaît pas, ou réciproquement. La fausse lumière, non pas de la rampe, car il n'y a pas de rampe, ou du moins pas d'éclairage à la rampe, mais de la salle que teintent obscurément quelques becs de gaz à globes dépolis, ne permet qu'après un temps de discerner les traits de celui qui occupe le théâtre en ce moment, et il se trouve que c'est le jeune homme du printemps dernier, un peu grandi, et de qui l'organe de ténorino a mué dans ce court intervalle en un velouté, clair et chaud baryton...

Quoi encore de particulier ici avant d'en partir pour toujours, peut-être, et sans plus d'émotion qu'il n'est séant?

Ah ! si l'on veut, ceci :

Les visiteurs des convalescents sont admis à visiter aussi les diverses parties de l'établissement, sous la conduite d'un employé *ad hoc* qui leur détaille les choses intéressantes. Cet honnête cicerone ne manque jamais d'attirer l'attention de ses auditeurs sur deux immenses cartes d'Europe et des Deux-Mondes, œuvre d'un convalescent, peinte à fresques sur deux murs de la salle de jeu. Et il profère :

— « Ce convalescent, en outre du temps, un an à peu près, qu'il fut admis à passer à l'asile pour mener à bien son travail, obtint de la Direction la somme de cinq cents francs, et l'assurance, ou plutôt la certitude d'une place immédiate dans une administration de l'Etat. Or, le jour de sa sortie et les quelques jours qui suivirent, deux ou trois au plus, il se grisa, il fit la noce avec des femmes, bref dépensa ses cinq cents francs et eut l'audace de revenir solliciter un secours qui lui fut naturellement refusé. »

Il faut entendre les réclamations indignées des bonnes gens, parents, pauvres pour la plupart, des pauvres pensionnaires qu'ils viennent voir : « Ah, le saligaud ! Faut-il que les bons pâtissent « toujours pour les mauvais ? Cinq cents francs en « deux ou trois jours ! »

Eh, mon brave homme; eh, ma digne matrone; eh, mes pauvres enfants, avez-vous vous-même eu bien souvent cinq cents francs à votre disposition? Et vous figurez-vous quel trouble, quel littéral coup de gong dans une âme d'artiste peut-être, de déclassé, qu'une pareille misérable fortune « à emporter le paradis d'un seul coup » ? Ne parait-elle pas toute dictée, cette conduite au premier abord absurde, à d'anciens désespoirs invétérés, mépris de l'avenir, dégoût du passé, indifférence pour une vie qui va, certes! recommencer plus âpre et plus désolante...

Les jours s'écoulent. A la porte les convalescents, voire « béquillards »! Il y a une fin à tout. Les plus pauvres vont passer trois jours dans une vague annexe où on est censé leur chercher du travail.

Les autres se répandent par la ville en quête d'un ouvrage qui se cache et d'une santé en déroute, chauves-souris de l'hiver parisien dont les hirondelles, selon des romances, seraient les petits ramona...

Clic, clac! fouette, cocher! Les deux voitures de l'administration, bondées de « convalescents », franchissent les grilles de la cour d'honneur...

Au revoir, camarades! — ou adieu, alors!

IV

Et voici le plongeon, le débat dans les roseaux, presque l'anéantissement, mi-enlisement, mi-noyade, dans cette Marne, la misère dite noire. La seule branche de saule frémissante, la planche providentielle unique, flottant encore un peu à portée, ce va encore être l'Hôpital, grâce à la maladie qui se cramponne, bonne mais lente pourvoyeuse à la Camarde.

Et allons-y pour la troisième et quatrième et quantes fois de l'immeuble sur pilotis, abattoir extérieur, intime chapelle méthodiste. Changement de service. Des vieux, cette fois des *chroniques* comme on parle ici. (Chroniques, c'est presque *saturniens*, ça.) Eh bien ! vivent les vieux ! Ils ont leurs inconvénients surtout physiques, mais on les leur passe, en vertu de leur moral qui, au fond, étant, ici, peuple et simple, se trouvant peu chargé d'instruction et de lecture, ravit par son initiale et presque intacte sagesse et son expérience des *faits*, de faits attestés par leurs maux mêmes, tant tristement ridicules soient ces maux, parfois, et par

« La grande misère
Du pauvre juif errant »

que tu es, peuple qu'on pousse et qu'on abuse et qui t'insurges, toujours vaincu, le vaincu des balles et de la privation dans l'esquintement.

Mais ne voilà-t-il pas que le poète vient de faire du socialisme impossibiliste et on en demande pardon pour lui aux belles dames qui n'auront pas lu ceci.

De vrais défilés en masses profondes, de docteurs et d'élèves. Tous les docteurs avec leurs nuances, gentils et plus, pour la plupart. Les élèves, pas tous. Pour la majorité qui est aimable, informée, suffisamment attentive, il y en a d'affreux, d'abominables, vraiment! poseurs et grossiers, traitant le malade en véritable prisonnier, en forçat, du haut de leur col cassé et de leur cravate claire à bijou faux, inhumains tout à fait et « insolents », comme dit si bien le peuple, si nerveux, de Paris. Pauvres d'eux, au jour de *la prochaine :* même dans leurs trous de province où les auront menés leurs « études » (ceux-là sont les « cancres » de la classe), la rancune ne les épargnera pas des misérables continués à être maltraités et, de plus, alors, rançonnés, par ces médicastres. Le poète peut-être, aussi, en des « Invectives » plus à la Martial qu'à la Juvénal, les nommera sans éloge, ces petits cuistres qui l'auront bafoué, sur son lit de douleur et d'affamé. Ce jour-là sera terrible, *dies iræ* en miniature, et leur nom, mal fait pour la postérité, pourtant y parviendra, en compagnie de bien d'autres, étonnés. Un interne aussi, *un seul*, fut vil et méchant. Son nom aussi retentira quand faudra. Mais, empressons-nous de le dire, à la gloire après tout de cette lamentable humanité, ces gens-là ne forment qu'une infime exception, infime dans les deux sens du mot.

On s'habitue à cette vie comme monastique, sans, hélas! l'oraison, et la règle suivie pour elle-même. Le lit vous pénètre. On y vit tout à fait. Même on y pense. Mollement souvent, parfois virilemeut et noblement. Le poète n'y dort pas, mais dehors c'est la même chose, excepté quand son lit est partagé dans certaines conditions de bonne fatigue. On ratiocine, on finit par ne plus regretter le dehors même ancien et dès lors regrettable au sens des gens non initiés.

Et puis il y a eu des sorties mémorables en ces à peu près deux ans de cette sorte de captivité, moins la stabilité, le prestige! et le sérieux.

Car, d'une part, grâce à de provisoires ressources inespérées (ô ces ressources, ô cet inespoir, ô ce provisoire!), un voyage à une illustre station balnéaire est réalisé. Une cure — comme pour quelque richard — dans des montagnes qui sont le pied, très respectable, des Alpes, et célébrées par le plus grand poète français avec Villon, Ronsard et Racine, concurremment avec un lac très bleu que, d'ailleurs, notre poète à nous n'a pas vu, faute d'argent pour excursions en voiture, mais dont il a perçu les brouillards, à mi-côte d'un pic fameux, tel un sourcil dans un sombre visage fantastiquement gigantesque. Douches et bains. Table d'hôte de jour en jour diminuée (la *season* tire à sa fin) jusqu'à ce que le poète reste seul. Excellent poisson, entre autres particularités locales culinaires, qui se nomme *lavaret*, et des sortes de cardons aborigènes très bons dont le nom s'en est allé. Bon temps en somme, intermède plus distrayant qu'il y eût eu lieu de le supposer.

Divers incidents dont un comique et dû à la pauvreté même (oiseau rare, fleur de fleur, paradoxe!) du « baigneur ». La même pauvreté lui rend encore d'autres services. (Elle a coutume d'en rendre tant quand bien prise.) Rentrée au bercail sur pilotis où, par parenthèse, deux mois passés auparavant à côté d'un cher ami malade aussi et sorti en même temps, à qui et de qui lettre de et à la station balnéaire illustre. Ah! ce furent de bons mois d'été! — ainsi que plus tard, ce furent, avec un autre cher ami, six douces semaines d'hiver. On sort de là, quelque affectionné déjà que l'on fût l'un à l'autre, bien plus affectionné; c'est mieux, ceci, qu'une fraternité, qu'une amitié de collège. C'est comme une fraternité, une amitié de collège greffée sur l'amitié de devant. Et c'est exquis, croyez-le.

Mais, à l'autre grande sortie!

Une vente avantageuse, par quel hasard? d'un manuscrit de vers, a ouvert les portes de l'Hôpital restées toujours entre-bâillées par la bienveillance du Médecin en chef, à qui merci de tout cœur, en ces lignes. Quelques semaines, voire deux ou trois mois, ont leur cours normal de vie et jusque de plaisir... puis l'ombre de la dèche revient précédant de peu la chose. Et c'est en ce moment qu'un soir d'été, sur une terrasse de marchand de vins-traiteur où, en compagnie, le poète dînant à crédit vit venir dans l'ombre humide d'un orage de tout à l'heure une forme longue, hagarde, timide, et si longue! Cette forme se penchait sur lui presque spectrale, quand une voix brisée et rauque, et si faible :

— Comment, vous ne me reconnaissez pas, le petit chanteur de là-bas?

— Eh quoi, mon ami, c'est vous? Asseyez-vous donc. Garçon, un couvert et un dîner!

Car le pauvre enfant n'avait évidemment pas mangé depuis longtemps. Et il sortait, comme il le raconta, d'un hôpital, et de tous les asiles de nuit, il y avait deux jours de cela, et il errait... que haillonneux!

Le dîner, à quoi quel honneur fut fait! fini, « le petit chanteur » confia à son dès lors et *pour toujours* ami, qu'il n'avait pas un sou pour se procurer un domicile.

— Je n'ai pas un sou non plus, mais ma chambre qui court encore est grande, et il y a de la place pour deux.

— Mais je suis malade, tuberculeux par suite de refroidissements et de privations.

— Et mes accointances dans les hôpitaux?

Et le surlendemain, un peu mieux d'estomac, le moral un peu remonté, un peu, oh si mal, hélas? renippé, l'enfant de la misère honnête et pure, l'orphelin avec des parents affreux, la fleur et le fruit d'un amour deux fois coupable et pour finir, criminel! l'abandonné, sauf par un aussi pauvre que lui et vieux en sus, mais moins atteint dans la santé, entrait dans l'établissement Louis-Philippe et Quarante-Huit, malade et misérable de nouveau, *dans les baraquements*, où le poète ne tarda pas à le rejoindre, et ce furent encore des semaines relativement et positivement délicieuses, bien que mélancholiées par l'état lentement empirant du jeune homme, qui bientôt, trop tôt, sans doute, repartit pour l'asile napoléonien, d'où il entretint une correspondance avec le poète. Tout à coup, celui-ci ne reçut plus de lettres, à sa grande inquiétude. Il s'enquêta, apprit que le « convalescent » avait quitté l'asile avec un *mauvais rhume* (tel agit parfois cette bonne A. P.) Et nulle nouvelle à partir de ce renseignement-là. Oublieux ou mort, l'enfant pourtant si joliment, si touchamment reconnaissant *viva voce?*

Quoi qu'il en soit — et parce que tout ne finit pas toujours, même en France, par des chansons, — cette incertitude doublement douloureuse vint attrister beaucoup son, il l'espère cette fois, clôturante évasion des choses d'hôpital.

Et, sans plus que cela d'assurance, de ne pas reprendre un jour ce travail quasiment silviopelliqueste, c'est en toute mélancolie du passé et sur l'avenir qu'il prend congé du trop bénévole lecteur que ces pages ont pu « distraire » et de vous, chère madame, qu'elles ont dû, à défaut de mieux, amuser.

CHRONIQUES DE L'HOPITAL

I

Quinzaine et semaine où les poètes auront fait parler d'eux, de diverse façon, suivant leur habitude : jeunes poètes primés par des vieux (moyennant l'intermédiaire, s'il vous plaît, d'un journal boulevardier), un vrai poète décoré ! un autre, ironique et comme vengé d'avance, celui-là, mort à l'hôpital, et... le nom d'un poète mort à l'hôpital donné à une rue de Paris, en vertu d'une délibération du Conseil municipal de la « Ville-Lumière » !

La presse a dignement parlé de Maurice MacNab, si original et si regretté ; d'autre part, la littérature entière applaudit à la distinction dont se voit l'objet Maurice Bouchor, l'auteur de tant d'œuvres charmantes et profondes, et les Benjamins du Parnassianisme distingués par leurs frères très aînés sont tout naturellement fiers de la marque de satisfaction autant que joyeux de l'aubaine aurifère. Aussi laisserai-je à leur bonheur ces dignes éphèbes et le public compétent à sa légitime satisfaction en face du décret honorant le bon barde de l'*Aurore* et des *Symboles*, et ne m'occuperai-je, en cette première *Chronique de l'Hôpital*, que de la rue Hégésippe-Moreau.

« Rue nouvelle », porte le document officiel. Et bravo ! Un nom de poète, surtout un nom comme celui-ci, sentant bon la grâce et la jeunesse coupées en leur fleur, ne pouvait décemment remplacer tel banal ou trivial écriteau de voie publique.

Et quant à une illustre ou traditionnelle dénomination qu'il se fût agi de débaptiser en sa faveur, ç'a été une bonne pensée que de n'y pas faire servir la mémoire d'un esprit charmant qu'eût désolé le soupçon même d'une pareille brutalité...

Hégésippe Moreau, figure un peu effacée de nos jours, fut un poète, en somme, indépendant de toute école. Sans doute, ses vers, pour la plupart, se ressentent quelque peu, par une sorte d'incohérence, de l'influence du milieu de lettres où il vécut. Mais comment faire, pour un jeune contemporain de tant de gloires souvent contradictoires?

Et l'on peut déplorer son romantisme, ressortissant plutôt de Barthélemy et Méry que des grands maîtres, et ses trop nombreuses assez faibles imitations du vieux Béranger; mais *la Voulzie*, *Un quart d'heure de dévotion*, *la Fermière*, *Jean de Paris*, d'autres poèmes encore, frais, généreux, d'une langue agile et ferme tout à la fois; enfin, les *Contes à ma sœur*, d'une si rare chasteté, d'une délicatesse plus rare encore, s'il est possible, sont des choses qui resteront et qui suffisent amplement à préserver le souriant et douloureux souvenir du pauvre Hégésippe.

Sainte-Beuve l'aima et l'apprécia, Félix Pyat sut trouver pour sa louange des accents éloquents qui feront pardonner au farouche révolutionnaire, — un grand écrivain déclamatoire, mais combien intuitivement artiste ! — trop d'hérésies, et que de torts esthétiques! Baudelaire fit bien quelques objections beaucoup trop sévères, selon mon humble avis, aux hommages dont son nom était déjà l'objet de son temps. Il lui reproche, entre autres griefs, de tomber dans la « démoc-rocratie » et va jusqu'à le traiter gravement de « mauvais garçon », oubliant que Villon, pour avoir été le pire des voyous, n'en demeure pas moins notre Père et notre Maître à tous; oubliant aussi que la vie ne fut pas tout rose pour cette nature ardente et délicate, dès lors aisément irritable. Quant à sa mort à l'hôpital, permettez-moi de ne pas la déplorer plus que de droit. *Experto crede Roberto :* la société, sous quelque régime politique que ce soit, — lisez *Stello !* — n'est pas pour glorifier les poètes, qui, souvent, vont à l'encontre, sinon toujours, de ses lois positives, du moins très fréquemment de ses usages les plus impérieux, bons ou mauvais, plutôt mauvais, je l'accorde. Alors,

« Et pourquoi, si j'ai contristé
Ton vœu têtu,
Société,
Me choîrais-tu ? »

comme a dit un *mauvais garçon* aussi, qui serait moi, paraît-il.

Et, par contre, le poète, pourtant avide de luxe et de bien-être autant, sinon plus que qui que ce soit, tient sa liberté à un plus haut prix que même le confortable, que même l'aisance d'un chacun, qu'achèterait la moindre concession aux coutumes de la foule. De sorte que l'hôpital, au bout de sa course terrestre, ne peut pas plus l'effrayer que l'ambulance le soldat, ou le martyre le missionnaire! Même c'est la fin logique d'une carrière illogique aux yeux du vulgaire, j'ajouterais presque, la fin fière et qu'il faut!

Hégésippe Moreau ne fit que continuer une tradition qui est loin de passer de mode. Hélas! ne lisais-je pas ces jours-ci, dans une belle chronique de Jean Lorrain, de tragiques détails sur la mort récente de deux poètes slaves? Et qui sait ce que réserve l'avenir à cette longue liste d'illustres misérables qui part d'Homère? Le mot de l'Evangile, — pour parler de si haut, — est surtout vrai en ce qui concerne la gent légère que Platon exilait couronnée de roses : « Il y aura toujours des pauvres parmi vous. »

C'est pourquoi, sans ironie aucune, il sied de féliciter « nos édiles », qui ne sont pas toujours aussi bien inspirés, de leur dernière décision. Les difficiles, qui ne sont pas toujours les délicats, pourraient souhaiter qu'on prît chez nos puissants des mesures pour que les poètes meurent moins de faim, quittes à ne pas, longtemps d'ailleurs après décès, briller en caractères blancs sur des plaques bleues au coin d'immeubles de rapport. Mais, d'abord, le moyen? Puis, c'est en réalité, — la publicité posthume sur faïence municipale, — tout ce qu'on peut faire pour nous, après nous avoir hébergés ni plus ni moins mal que d'autres déshérités aussi intéressants, somme toute, et n'est-ce pas déjà gentil pour des chercheurs de renommée ?

Mais c'est égal, on eût bien surpris (et encore qui sait?) Hégésippe Moreau en lui prédisant cette tardive apothéose, presque autant, je gage (et encore, en suis-je bien sûr?), qu'on me stupéfierait si l'on venait m'annoncer, pour des temps que Dieu sait, une rue.

II

Décidément, tout de même, il noircit, l'hôpital, en dépit du beau mois de juin dont nous jouissons, toute verdure humide de pluie sentant bon et luisant de clarté vive. Oui, l'hôpital se fait noir, malgré philosophie, insouciance et fierté!

« Nous nous plairions au grand soleil
Et sous les rameaux verts des chênes, »

nous, les poètes, aussi bien qu'eux, les ouvriers nos compagnons de misère et de « salles ». Et vivent les purs luxes, et les femmes, pures ou non, et la vraie vie vivante, pure et impure!

En attendant, frères, artisans de l'une et de l'autre sorte, ouvriers sans ouvrage et poètes... avec éditeurs, résignons-nous, buvons notre peu sucrée tisane ou ce coco, avalons bravement qui son médicament, qui son lavement, qui sa chique!

Suivons bien les prescriptions, obéissons aux injonctions, que douces nous semblent les injections et suaves les déjections, et réprimons toutes objections, sous peine d'expulsions toujours dures, même en ce mois des fleurs et du foin, des jours réchauffants et des nuits clémentes, pour peu que l'on loge le diable dans sa bourse, et la dette et la faim à la maison.

Evidemment, nous sortirons tôt ou tard, plus ou moins guéris, plus ou moins joyeux, plus ou moins sûrs de l'avenir, — à moins que plus ou moins vivants. Alors nous penserons avec mélancolie, une mélancolie que j'ai déjà connue dans mes « entr'actes », un tantinet rageuse, goguenarde un petit, reconnaissante tour à tour et rancunière à nos souffrances morales et autres, aux médecins inhumains ou bons, aux infirmiers rosses ou pas, à telle ou telle surveillante qu'on maudissait quand on ne la mystifiait pas, — pas nous, les autres ! — parce qu'elle était trop bonne, etc., etc.

Et peut-être un jour regretterons-nous ce *bon temps* où vous, travailleurs, vous vous reposiez ; où nous, les poètes, nous travaillions ; où toi, l'artiste, tu gagnais ton banyuls et tes todds avec des portraits de suppléantes et d'élèves et quelles « fresques » dans la salle de garde !

Oui, peut-être un jour nous reviendront, mélodieuses du passé, ces conversations de lit à lit, de bout à bout de salle parfois : « Allons, messieurs, un peu de silence, donc! Nous ne sommes pas ici à la Chambre. Taisez-vous, 27, espèce de cheval de retour! C'est toujours les abonnés qui font le plus de pétard! », ces discussions plus qu'animées et rien moins qu'attiques; ils nous reviendront, ces sommeils coupés de cris d'agonie, des vociférations de quelque alcoolique, ces réveils avec de ces nouvelles : « Le 15 a cassé sa pipe. — As-tu entendu ce cochon de 4? Quel nom de Dieu de sale ronfleur ! » Par-dessus tout nous reviendra, hélas! sous forme d'utile regret, ce calme sobre, cette stricte sécurité de ces lieux de douleur, certes, mais aussi de soins sûrs et de pain sur la planche.

Peut-être, un jour que la mort nous tâtera, que la maladie avant-courrière et fourrière nous tiendra fiévreux et douloureux, peut-être miséreux et solitaires, les reverrons-nous, non sans attendrissement et une sorte de triste — ô bien triste! — gratitude, ces longues avenues de lits bien blancs, ces longs rideaux blancs, car tout est long et blanc, en quelque sorte, en ces asiles...

Tout, sauf, en ce jour suprême de juin, pour moi, las de tant de pauvreté (provisoirement, croyez-le, car si habitué, moi, depuis cinq ans!), l'Hôpital avec un grand H, l'idée atroce, évocatrice d'une indicible infortune, de l'hôpital moderne pour le poète moderne, qui ne peut, à ses heures de découragement, que le trouver noir comme la mort et comme la tombe, et comme la croix tombale, et comme l'absence de charité, votre hôpital moderne, tout civilisé que vous l'ayez fait, hommes de ce siècle d'argent, de boue et de crachats!

III

Zut alors! Ne sortirai-je donc de Charybde que pour m'engager dans Scylla, et mon nom, que je voudrais purement et bonhommement poétique, va-t-il passer proverbe? Déjà quelqu'un, qui a cru bien faire, avait dit que si d'autres s'étaient servis de l'hôpital pour y mourir, moi je m'en servais (autant dire en profitais) pour y vivre (autant dire pour vivre).

Pourtant, je vous donne ma parole d'honneur que mon plus vif désir serait de mener l'existence de tant d'autres que je vaux. (Et je parle ici en toute modestie.) Sans luxe, — je n'ai aucun goût luxueux, — sans trop de grandes débauches, — mon actuelle santé s'y oppose formellement et mes principes (car j'ai des principes, ne feignez pas de l'ignorer, ô mes chers camarades!) y auraient quelques objections, sans pose ni excès de méchanceté, ni abus de bonté, un juste milieu entre le pire et le mieux; pas de vertu, hélas! mais pas de vice proprement; ni Alceste, ni pourtant Philinte, — enfin une existence de brave garçon et d'*honnête homme*, dût celui-ci tirer sur le gentilhomme, car fi du « gentleman » !

Hoc erat in votis.

Au lieu de cela, depuis (je compte bien) quatre énormes années presque révolues, c'est l'inquiétude, que dis-je? le halètement, c'est :

...La mort et l'envie et l'argent,
Bons coursiers au pied diligent,

acharnés après ce pauvre moi

...toujours en quête
Du bon repos, du sûr abri,
Et qui fait des bonds de cabri
Sous les crocs de toute une race!

comme pleurait un mien poème douloureux d'il y a quelques années. C'est, après plus d'un an de presque insupportables souffrances physiques et morales, de trahisons dont je me tais aujourd'hui et de luttes que je dirai, et avec de courts mais encore trop longs intervalles de déceptions, de déconvenues, d'inappétences et de dégoûts, —

l'Hôpital depuis quatre ans (je le répète, je compte bien), dans moins de deux mois.

Mon caractère au fond philosophe, ma constitution restée robuste en dépit de cruels et surtout des plus incommodes fins et commencements de maladie, rhumatismes, bronchites, l'estomac, le cœur maintenant! m'ont amené jusqu'ici solide encore de corps — et de tête! D'autre part, je n'ai qu'à me louer des bons égards et des soins assidus dont j'ai jusqu'à présent été l'objet reconnaissant; d'excellents amis ont fait pour moi ce qu'ils ont pu, si d'autres amis m'ont déçu comme à plaisir et trompé de la meilleure foi du monde. J'admets tout cela et que j'ai eu dans mon malheur ce que l'on appelle de la chance. Mais toujours est-il qu'il est dur, après une vie en somme de travail, agrémentée, je le concède, d'accidents où j'ai pris ma large part, et de catastrophes peut-être vaguement préméditées, il est dur, dis-je, à quarante-sept ans d'âge, en pleine possession de la bonne réputation (DU SUCCÈS, pour parler l'affreux langage courant) à quoi pouvaient aspirer mes plus hautes ambitions, dur, dur, très dur et plus que dur, de me trouver, mon Dieu! oui, SUR LE PAVÉ, et de n'avoir, pour reposer ma tête et nourrir un corps qui vieillit, que les oreillers et les menus d'une

Assistance publique, encore aléatoire, et qui peut se lasser — Dieu, d'ailleurs, la bénisse! — sans qu'il y ait visiblement de la faute de qui que ce soit, oh! non, pas même et surtout pas de la mienne.

Qu'on m'objecte la triste mort de Gilbert, mort dont la *clef* est encore à trouver, celle du pauvre Hégésippe, dont je parlais tout à l'heure, l'épouvantable fin d'Edgar Poë, les lamentables derniers jours de notre cher grand Villiers, pour me bien persuader que je suis un « bidard » d'ainsi traîner mon âge mûr salué, et j'ose dire, aimé par toute la jeunesse lettrée, dans la fade odeur de l'iodoforme et du phénol, les promiscuités intellectuelles contre nature, l'indulgence un peu narquoise des docteurs et des élèves, toute l'horreur enfin d'une littérale misère mal à l'abri des dernières extrémités...

Vous aurez beau dire, beau faire, c'est — pour emprunter SA phrase à l'illustre Margue, de qui l'on inaugurait dernièrement LA STATUE!! en grande *pompe* officielle et *parlementaire*...

C'est embêtant!

IV

Le lit que j'occupe *cette fois* à l'hôpital Labrousse, et qui porte le numéro 27 *bis* de la salle Seigle, a cette particularité que, de mémoire de malade, aucun de tous ceux qui y ont dormi, sauf deux ou trois originaux de qui je grossirai peut-être le nombre, n'y est pas mort; ce, avec une touchante régularité d'exemple donné et suivi.

Un tel funèbre privilège n'est pas sans entourer cette couche trop bien hospitalière d'une considération vaguement respectueuse, à laquelle une superstition *sui generis* ne reste pas tout à fait étrangère. En un mot comme en cent, « il n'y a pas amateur ».

Moi, je n'avais pas le choix. S'agissait de prendre ou de laisser. Dans un sens, laisser m'eût presque tenté; tandis que prendre, c'était de plus mauvais gîtes évités, et je pris.

Je pris, non toutefois sans avoir plus vu que cela mon prédécesseur, que je ne connaissais pas davantage, comme on dit.

Il était là, mon prédécesseur, quand j'entrai dans la salle. Ni beau, ni laid, ni, à vrai dire, rien. Une forme étroite et longue, entortillée dans un drap avec un nœud sous le cou, et pas de croix sur la poitrine, à même le matelas sur le lit de fer sans rideaux, ainsi que sont maintenant les trois quarts des lits d'hôpital. — Encore une légende qui s'en va, diraient mes éminents confrères et mes maîtres dans la Chronique. Une civière dite *boîte à dominos*, recouverte d'un tendelet, de teinte quelconque, nuance plutôt toile à matelas, fut apportée, on y mit le paquet, et en route pour l'amphithéâtre. Quelques instants après j'étais installé dans le « poussier » tout à l'heure mortuaire, et véritablement justiciable du mot d'argot que je viens d'employer, si l'on veut bien se reporter au *pulvis es et in pulverem reverteris* de l'Eglise catholique.

D'ailleurs, c'est extraordinaire vraiment comme, ici, on se familiarise avec cette chose au premier abord familière et terrible; et pourtant si banalement consolante et libératrice : la mort. Hein! dans la vie ordinaire, — je ne parle pas des morts chéris, parents ou amis, je parle des quelconques, des étrangers — hein! quelle affaire!

On a presque peur; le pauvre inoffensif cadavre épouvante ou comme. Quand je grimpais mes nombreux étages, si je savais qu'à tel palier, derrière telle porte, au fond de tel appartement, il y avait... « un mort », comme disent les petites filles de leur toute jolie bouche toute ronde, je frissonnais malgré moi et montais très vite.

Heureux temps relatif! Depuis, même avant mes actuelles mistoufles, la triste — et si bête! — expérience m'a gardé comme ces sortes de délicieuses, au fond, émotions.

Mais, nom de nom de mille noms de nom! j'ai fait des progrès dans le scepticisme, et, sans poser au vampire et au bucolaque le moins du monde, laissez-moi me targuer d'un gentil petit acte de comme sacrilège en dehors, si je puis parler de la sorte, en vue de bien élucider ma pensée.

Songez donc! j'enfonce le chausseur de souliers d'un faux mort de La Fontaine, je dégote son vendeur de peau d'ours, et j'aplatis cet excellent curé Jean Chouart; je ne chausse même pas les souliers d'un mort pour de vrai, fi donc!

Non, mais — et que ce soit, comme je l'avoue plus haut d'ailleurs, en toute franchise, un peu à mon corps défendant ou par une impudeur et une impudence très préméditées (ce qui est, au fond, moins vraisemblable), — je couche dans son lit, à *mon* mort, je couche, entendez-vous, dans *son* lit, dans son lit encore tout... froid!

Un peu mil huit cent trente, ma chronique d'aujourd'hui. Mais, que diable voulez-vous? Par ce temps d'effréné *train* de siècle, n'est-il point parfois précieux de faire machine en arrière?

V

Aussi c'est la faute à la Cie P.-L.-M. (*Préparez les Menottes !*), qui fait traverser à ses trains omnibus toute la Bourgogne et les arrête à toutes les stations? Des stations comme Vougeot, comme Beaune, comme Mâcon, comme tant d'autres, comme toutes, parbleu !

Et à Màcon il y a deux heures d'arrêt après je ne sais combien de siècles en wagon, coupés à peine par des évasions comportant tout juste :

Le temps moral d'un verre ou de deux verres

(comme dit à peu près Coppée quelque part), depuis ce malheureux Paris qui semble s'éloigner à regret, si l'on s'en éloigne, soi, du moins momentanément, avec quelque joie naïve et pétulante d'écolier en vacances.

Donc, un poète (il en est encore !), et celui-ci est

tout ce qu'il y a de récent, de mieux à la dernière mode, en un mot, ce qu'on fait de plus réussi dans ces articles-là! Pauvre comme Job, assez fier, bonhomme et violent, et, malgré les apparences et des on-dit, pas ce qu'on appelle un bohème, ni de près ni de loin. Son horreur des brasseries *littéraires* n'a d'égale que son peu de répugnance pour l'hôpital quand il est malade, ce qui lui arrive quantes fois! depuis que quarante et des années le contemplent. Et c'est même d'un de ces Parnasses contemporains qu'il fut, ces jours-ci, dirigé, pour des rhumatismes, sur ce miraculeux Aix-les-Bains, par la Faculté, jalouse de conserver à cette « fin de siècle » une plume aussi conséquente.

Notre homme ne manqua pas, quelque soif aidant — c'est drôle comme on a toujours soif surtout quand on n'est pas altéré — de descendre examiner en bon touriste, sinon en malade trop prudent les vins offerts sur la route — buffets et buvettes — par de relativement consciencieux limonadiers; si bien qu'à Mâcon (tout le monde descend!) il avait chaud et courut à la Saône, dont le cours rapide ne le tenta pas vers un bain, mais sur les bords de laquelle il s'empressa de saluer, comme c'était son devoir, la statue de Lamartine en coup de vent! avec des bottes superbes et quel beau manteau!

Des réflexions sur la mise confortable des poètes *in illo tempore* l'occupèrent quelques instants, mais il pleuvait (avec la Saône, que d'eau, que d'eau!)

Entrer dans un café voisin était dicté. Il y but, en guise d'apéritif (fi de l'helvétique Pernod et du bitter d'Outre-Rhin!) une franche bouteille de ce précieux vin français que le noble poète avait tant aimé et, dit-on, un peu vendu non sans profit, et, malheur! le revoilà plongé, après ces libations à des Mânes illustres dans telles et telles rêveries relatives au temps béni où les poètes se trouvaient être de grands propriétaires!

Toutes ces cogitations, en dépit d'un dîner passable dûment arrosé, ne furent pas sans assombrir un peu le songeur. Son visage d'ordinaire ouvert et plutôt gai, se fonça, se fronça par degré, finissant par entrer en complète harmonie avec le costume qu'il portait, quelque chose de gris-de-souris avec, par endroits, des détails mal élégants, un bouton sauté, quelques effilochages aux boutonnières, des rires jaunes vers les coutures. Son chapeau mou semblait lui-même se conformer à sa triste pensée, inclinant ses bords vagues tout autour de sa tête, espèce d'auréole noire à ce front soucieux.

Son chapeau! Pourtant joyeux à ses heures, lui aussi, et capricieux comme une femme très brune, tantôt tout rond, naïf, celui d'un enfant de l'Auvergne ou de la Savoie, tantôt en cône fendu, à la tyrolienne, et penché, crâne, sur l'oreille, une autre fois, facétieusement terrible, on croirait voir la coiffure de quelque banditto, sens dessus dessous, une aile en bas, une aile en haut, le devant en visière, le derrière en couvre-nuque, puis correct et plat avec un joli petit creux tout autour de la calotte, — son fatidique chapeau qu'il avait gaiement surnommé le chapeau d'*Infortunatus*, son coquin de chapeau que décorait naguère encore d'un ruban moiré, moins pourtant que ses sombres cheveux, la toute-belle Rita, fleur du Brésil épanouie au cœur des bons poètes!

Et ce fut ténébreux comme la nuit pluvieuse qui s'était abattue qu'il arriva dans Aix où il dût chercher un hôtel, au sortir du poussiéreux véhicule de la calamiteuse Cie P.-L.-M. (*Poursuivez Le Malfaiteur!*)

Le trouva-t-il, cet hôtel et à travers quelles probablement innocentes aventures?

S'en souvient-il, et qui le sait?...

Toujours est-il que le lendemain, aux environs de midi, ne le voilà-t-il pas qui s'adresse à une respectable *landlady* lui demandant une chambre.

— Il n'y en a pas, Monsieur.

— Ah!

Et le poète, sans plus s'inquiéter d'elle qu'elle ne s'occupait de lui, de monter pour s'assurer du fait ou pour tout autre cause?

S'en souvient-il, et qui le sait?

Comme peu après il redescendait par un escalier très bien, ma foi! et s'apprêtait de sa jambe malade à quitter ce seuil inhospitalier, la dame de la maison tout étonnée de le revoir :

— Arrêtez!

— Pourquoi? *Per chè? What for?*

(Car le poète est polyglotte.)

— D'où descendez-vous?

— Je n'en sais rien... de là-haut!

— Monsieur, assez. Je vais faire venir le commissaire de police.

— Faisez.

(Car le poète parle mal français quand il veut et quand il peut, poussé par les circonstances comme dans l'espèce. Et puis peut-être un peu de blague aussi.)

Et s'asseyant sur une banquette qui se trouvait dans l'antichambre :

— Vous permettez?

L'hôtesse ne répondit pas, mais elle détaillait la toilette de l'intrus. Ce qui paraissait ne pas la choquer le moins fut plutôt l'allure, le port, que le matériel, que l'*intrinsèque*, pour ainsi parler, de cette toilette toute nouvelle à ses yeux gâtés par le pschutt, le v'lan et le copurchic de villes d'eaux.

Le chapeau eut certes son suffrage, les irrégularités des vêtements aussi, mais ce qui l'étonna le plus, ce fut, je le crains, certain foulard de cachemire, nuance de vitrail XIIIe siècle, noué autour du cou avec désinvolture, mais sans la bonne grâce admise.

(Car le poète est un dandy.)

Le commissaire de police arriva enfin. Commencement d'interrogatoire d'usage ; mais le poète :

— Madame est sans doute habituée à des hôtes illustres. Je ne suis pas la reine d'Angleterre, ni le roi de Grèce, ni même le général Boulanger. Pourtant vous admettrez, Monsieur le Commissaire, que j'ai droit, moi qui ne suis pas non plus le Fils de l'Homme, à reposer ma tête quelque part, sur cette terre, qui n'est pas encore le royaume des Cieux.

Le commissaire :

— Avez-vous des papiers?

— Voici.

— Très bien, mais Madame vous soupçonne d'être monté, malgré qu'elle vous eût dit qu'il n'y avait pas de chambre disponible pour...

— Pour emporter le mobilier?

— Quelque chose comme cela.

— Ah bah?

Et défaisant sa jaquette prestement non sans toutefois quelque satisfaction intime et toute esthétique d'avoir pu un instant passer pour un émule (en un point important) du grand François Villon, le poète poursuivit :

— Voyez, Monsieur, *Vide*, *Thomas*, videz mes poches.

— *Sufficit*, fit le commissaire de police, homme d'esprit. Vous êtes recommandé à M. le docteur***. Allons chez lui.

Et il héla une voiture découverte; *un landau*, ni plus ni moins que pour un haut fonctionnaire de la R. F., ou quelque hôte royal, ou bien encore tel prétendant...

L'hôtesse au poète :

— Monsieur, excusez-moi, je... Mon Dieu, je vous prenais pour un voleur.

— C'est tout pardonné.

Mais au fond, comme il était flatté, à cause de Villon, d'être pris pour un « mauvais garçon » ! Il avait bien, sur sa mine peu lamartinienne, été pris, jadis et naguère pour ceci et pour cela, entre autres fois, pour un assassin. Seulement l'interrogatoire ayant démontré que le coupable venait d'être guillotiné, l'affaire n'eut DONC pas de suite. Mais se voir considéré comme un voleur, ça c'était du nanan.

Et voilà un homme « le cœur à l'aise » et dégrisé, car était-il gris ?

S'en souvient-il, et qui le sait ?

Cependant le landau stoppait devant le perron de l'hôtel.

Le commissaire :

— Veuillez monter. Et c'est ce bon docteur qui va être surpris d'une telle arrivée *officielle* dans nos murs !

L'hôtesse, avec mille sourires :

— Pardon encore, Monsieur. Mais vous êtes si drôlement mis...

Et le poète, chatouillé cette fois dans *son* dandysme, fit à la brave dame un geste d'adieu de la main gracieusement agitée qu'eussent envié Charles X et Lamartine eux-mêmes.

— Docteur, dit-il quand la voiture les eut amenés chez l'homme de l'art, c'est moi, un tel, de la part du Docteur X. Et permettez-moi de me présenter, car le cas est glorieux s'il en fut, glorieux et rare! *Sous l'égide de la Loi*, Mossieu!

Excusez les fautes de l'auteur.

Aix-les-Bains, septembre 1889.

VI

J'ai un ennemi.

Ici. A l'hôpital. Oui! Oyez!

M. Leconte de Lisle m'avait déjà fait et me fait encore l'honneur et le plaisir de me détester, pourquoi? parce que je fus le premier qui le revis fraîchement décoré du dernier 15 août, au sortir de la Commune, époque à laquelle il laissa pousser sa barbe et avait coutume de me craindre comme le feu parce que j'étais resté à mon bureau de l'Hôtel de Ville dans l'emploi que je tenais depuis sept ans. Tant de fiel entra-t-il dans l'âme des dévots du bœuf Apis et de toutes les vaches védiques et autres curiosités antiques, barbares et tragiques? Toujours est-il qu'il m'a, comme on dit, dans le nez, à ce titre qu'il a, devant témoins, qui me l'ont naturellement rapporté, car il n'y a pas beaucoup plus d'un an,d it parlant de moi : Ah çà, il vit toujours celui-là ! Il ne mourra donc jamais. Pourvu que ce ne soit pas sur l'échafaud!

Telle une vieille tante flétrit un neveu prodigue ou coureur.

Un de mes anciens professeurs de Bonaparte, *recenter* Fontanes, *nunc* Condorcet, un M. Perrens, auteur de choses sur Jérôme Savonarole, si je ne me trompe, et qui m'a plus d'une fois administré de bons pensums passablement mérités, après tout, eut dernièrement l'occasion de parler de moi à plusieurs de mes amis et dauba sur mon compte et sur celui des Décadents, dont il me croyait le « chef ».— « Je n'ai jamais pu finir *les Soirées de Médan* », ajoutait-il en forme de preuve.

Des femmes aussi, oh! pour les causes ordinaires! peut-être encore quelque probable compromettant, quoique inconscient pasticheur du grand et cher Mallarmé, me portent des sentiments rien moins que tendres. Mais ni cuistres d'aucune catégorie, ni Arianes plus ou moins intéressantes, ni petits ratés de la langue et du rhythme, si divertissants qu'ils puissent être, ne m'auront amusé, dans les manifestations diverses de leur mauvaise volonté, comme l'animal que je vous demande la permission de vous présenter en liberté.

Je lui pardonnerais et je ne parlerais pas de lui, si c'était un de mes chers confrères dans la même situation précaire (n'est-ce pas un peu, du moins on le dit, notre péché mignon que l'envie?) ou un brave ouvrier bien borné, un peu brut et beau parleur, ou quelque paysan, même de la grande banlieue de Paris, ou quelque voyou typique, de ceux-là qu'on rencontre parfois dans les hôpitaux, moitié souteneur, moitié *trimardeur;* mais non, ni lard ni cochon, mon type, un honnête bon à tout, un légal propre à rien, se qualifiant de journalier et usurpant ce titre qui implique force et courage, que le titulaire soit porteur à la Halle ou marchand des quatre-saisons, selon la saison, ou et cœtera, — un voltigeur de métiers faciles et plus que superficiels, *extra* dans des bouibouis dits cafés, dans les gargotes promues restaurants *proprio motu,* contrôleur dans des sous-cafés-concerts de sous-chefs-lieux de canton Seine-et-Oiseux, — d'ailleurs, aussi, commissaire à tels enterrements civils un peu suburbains ou pénéprovinciaux, membre adjoint d'orphéons n'existant pas et chapeau-chinois d'harmonies tellement locales qu'elles échappent au cadastre, en un mot, le fainéant remueur et la mouche-du-coche du rien bruyant...

Il est laid, de face anguleuse et roux de la plus déplorable nuance, la dent pourrie, et l'œil, atrocement bleu, chassieux, avec la barbe en balai à pot-de-chambre qui serait moisie, minable non sans prétention à avoir été beau (il frise ou plutôt défrise la quarantaine), l'accent plutôt cul-terreux que faubourien, traînard et bredouillard. Aussi bien, malade non pas imaginaire, ce serait trop peu dire, faux-malade, ce serait trop dire, malade *sérieusement exprès*, çà me semble çà. Soumis au régime lacté froid, il fait bouillir une partie de son lait en cachette, — c'est facile, avant le réveil, à l'office (où il y a nuit et jour un bon feu) — se coupe une bonne soupe chaude qu'il *rend* presque aussitôt ès une cuvette destinée à être montrée au médecin en chef lors de sa visite de 9 heures, et, l'estomac bien débarrassé, absorbe alors des trempettes au lait frappé à la glace réglementaire. De la sorte, on se ménage de bons mois d'hôpital si un mauvais estomac, et le tour est joué.

Je n'étais pas plutôt introduit par l'interne de service, que j'avais le plaisir de connaître dans la petite salle de six lits où couchait ce Brin d'Amour (nous l'avons, mes compagnons de chambrée et moi, sobriqué ainsi par antiphrase), que celui-ci commença à grommeler presque audiblement contre cette « faveur », — d'ordinaire, c'est le garçon du bureau d'inscription qui amène, puis la surveillante qui installe les nouveaux venus. Mes manières sans façon et ma conversation tout de suite familière avec l'un et l'autre, dès laissé seul avec mes nouveaux « camarades de lit », parurent l'étonner un peu, plutôt favorablement; puis mes bouquins et mes journaux et revues, désempaquetés, excitèrent sa curiosité plutôt malveillante. Il me flairait et se tint, pour ainsi parler, sur la défensive, l'imbécile qui me prit tout d'abord pour un aventurier! me tâta sur mon *métier*, et comme je lui répondais que je n'en avais pas, il n'aima pas ma franchise, qui lui parut blessante et quasiment allusionesque; mais l'hostilité éclata comme une bombe dès les premières visites que je reçus. Les chapeaux hauts de forme et les propos, pour lui ésotériques, de mes amis l'effarouchèrent pour de bon, et comme je connais passablement de gens qui veulent bien aimer ce que j'écris, leur ton un peu déférent, bien que je mette communément mes interlocuteurs le plus à l'aise possible, leur sympathie parfois très expansivement exprimée firent dresser l'oreille, dans cette tête mal conformée, à quel sentiment indéfinissable, envie et curiosité, indiscrétion haineuse, et tous les et cœtera de l'absurde trivial !

Il essaya d'abord de me nuire par des pointes par derrière, à moi fidèlement redites, d'ailleurs, par les généralement braves gens de mon entourage d'hôpital, voire par des paroles fleurant de malveillance auprès du personnel; puis, levant le masque après quelques tentatives d'entretien avec moi, touchant des personnalités qu'il se trouvait — par quel hasard? — réellement connaître, puis touchant les choses de ces gens auxquelles il lui était défendu de penser, ce qu'il me fut bientôt impossible de ne pas lui faire sentir, il se livra à des taquineries indirectes puis directes, telles que portes ouvertes ou fermées selon que cela pouvait me contrarier, mots à double entente sur les « poètes incompris » et les « bohèmes » et *les protégés*, oh ! surtout sur les protégés, moins malades que désireux de manger le pain du pauv' peup'e après s'être engraissés de sa sueur. Le tout jusqu'à ce que je me fâchasse et que je lui répondisse comme fallait et quelquefois mieux.

Alors, ça changea pour du plaintif aigre-doux et de mauvais procédés d'un ordre tout à fait sournois. Comme le caractère du personnage incommodait également les autres malades, et que ceux-ci, ainsi que moi, ne répondaient plus un mot à ses atrabilaires ou geignardes humeurs, il ne tarda pas à nous fiche un peu la paix; mais sa rancune (de quoi, mon Dieu ?) prit un nouveau tour, qui fut de colporter un peu partout que j'étais un abominable *clérical*, un « bonapartiste » indigne de vivre aux crochets d'une R. F. trop bonne, en vérité! — car j'avais, en quelques occasions, doucement défendu le bon Dieu contre ce crétin, et même, ô crime! manifesté quelques velléités boulangistes, pourtant si discrètes...

Finalement, le truc, tardivement éventé, de la cuvette prolongatoire vient de rendre à ses chères études ce type parfait du *batteur*, ou, si vous préférez, du *pilon* d'hôpital. Les deux vocables sont du plus pur argot spécial, et je les recommande à nos documentaires romanciers.

La morale de tout cela, c'est que l'Envie, dans le sens latin comme dans l'autre, va se nicher partout, et que sa place n'est pas seulement, comme l'intensité de son expression semblerait l'indiquer, dans la chaire des grandes écoles, sur le fauteuil de l'académicien ou le canapé de la bourgeoise et de la cocotte, non plus que sur la moleskine de telle brasserie « intellectuelle », —

et qu'il est consolant pour l'humanité quelque peu pensante que tel ouvreur de portières, que ce ramasseur d'*orphelins* et de *sequins*, que le beau premier marchand de contremarques *e tutti quanti*, ne le cèdent en rien comme fiel et comme vinaigre... à M. Leconte de Lisle, par exemple.

VII

Dire que c'est, depuis novembre 86, le troisième Quatorze Juillet que je vais passer à l'hôpital! Sans être d'une orthodoxie républicaine par trop irréprochable, j'avoue que « j'adore assez », comme dit Banville, cette fête et ses rites : bals amusants, assez décents, puisque en pleine place publique comme au village, surtout à l'aube et à l'aurore, au son des orgues de Barbarie remplaçant les orchestres éreintés et couchés ; revue de gamins, toujours gentille, apéritif drôlet de la grande revue déjà traditionnelle et légendaire de Longchamps, que je constate avec joie « suivie » de plus en plus par une population, au fond, militaire et plus patriotique qu'on ne le croit à l'étranger et chez nous autres pétrousquins.

Et puis, — l'anniversaire célébré, un peu absurde tout de même, n'est pas pour me déplaire complètement. Ce jour-là, le peuple commit sa première gaffe en détruisant une prison *pour nobles*, — mais aussi son premier acte de foi, rendu plus sacré, plus cordial encore par l'esprit naïf de désintéressement sans pair qui y présida. On objectera bien l'héroïsme relatif de ces vainqueurs de quelques *invalos* et leur magnanimité contestable après la capitulation. N'importe! le plus grand privilège royal, le seul vraiment odieux peut-être, était renversé, la lettre de cachet jetée au panier par le seul fait de la défaite de cette forteresse du bon plaisir moyen-âgeux ou bien plutôt Renaissance — car rappelons-nous, entre autres souvenirs du lycée, que c'est François Ier qui mit la royauté « hors de pages », la Révolution, enfin, inaugurée bien moins grâce à un épisode brutal, banal au fond, qu'à l'aide du symbolisme (c'est vraiment le mot), du symbolisme inconscient d'une foule sublimifiée par les conjonctures.

Mais notre peuple actuel, bien moins symboliste que décadent, pour emprunter à nos querelles de mots, pendant qu'il en est peut-être temps encore, son vocabulaire très éphémère, je le crains, se moque, bien entendu, de ces considérations; et ce qu'il a raison!

Et, gamins! en avant l'artillerie! Où est le

temps quand, vers la colonne de Juillet, dans cette cour Saint-François, tous ou presque tous les gosses de la rue, riches de mes sous prodigués, incendiaient le trottoir et la chaussée de pétards et de fusées, et le ciel de chandelles romaines, et les murs de *soleils*, suscitaient d'entre les pavés, de dessus les rebords de fenêtres des rez-de-chaussée et d'un peu partout, de facétieux étrons de Suisse, en mêlant de suraigus *Vive Mossieu Paul!* aux *Vive la République!* de rigueur.

Et, gamins! en avant les rondes et les « ballons » et les « fromages », et les *Une poule sur un mur*, *Su' l'pont du Gard un bal y est donné*, *C'est les chevaliers du guet!...*

Et, tout le monde! en avant deux!

Les bons sergents de ville fument leur bouffarde sous le nez indulgent, ce jour-là, des sous-brigadiers, savourant eux-mêmes crapulos et deussoutados. Les bons ivrognes festonnent et chantonnent, en dépit des « vaches » non enragées par cette annuelle exception. Un air sincère de fraternité un tantinet gouailleuse, très goualeuse, par exemple, flotte, on dirait, dans les plis des drapeaux et semble descendre d'eux dans l'âme des passants. C'est superbe et presque touchant, et la R. F., bénéficiant, ce jour-là, de la bride laissée sur le cou du brave populo, se redresse, se rebiffe, comme on dit au régiment, se sent jeune de ses vingt ans, de sénile que la faisait hier cette même puberté, et peut se croire aussi populaire pour un peu que feu « Badingue » au temps jadis, et que ce « Boulange » assez salement lâché d'ailleurs, au temps naguère.

Mais, à nous autres, les embastillés de la Mistouffle et du Bobo, cette R. F., toute fière, toute joyeuse, pensa-t-elle au moins un peu à nous, ses pauvres ? Hem, hem ! « Mon guieu voui ! » sous les espèces d'une double ration de vin ; total une chopine pour « les malades bien portants », et d'un gâteau de deux ou trois sous, éclair, baba, tartelette ; puis, le soir, retraite (pas aux flambeaux) à 9 au lieu de 8, et permission de chanter, s'il nous plaît. Et alors ce sont des *Noël* (hélas ! d'Adam), des *Rameaux* (de Faure, holà !), car le Parisien, le faubourien n'est pas si sceptique qu'il ne « gobe », jusqu'au vrai exclusivement, les « airs d'église », et des *Petits pinsons*, des *Carmen, vous n'avez pas d'âme ;* car, aussi, le faubourien, le rôdeur donnent dans l'élégie et coupent peu dans la politique (bonne pour quelques vieilles barbes de soixante et onze) ou dans la blague, qui semblerait dévolue aux couches un peu plus aisées, sinon beaucoup plus intellectuelles du bourgeois en herbe, l'étudiant et l'artiste en fleur, potache et rapin ou saute-ruisseau, ou bohémaillon.

L'enthousiasme, et c'est tout naturel, est assez restreint, il faut, aussi bien, l'avouer. Pourtant il éclate, dans certaines zones, en guirlandes tricolores de papier ingénieusement comme tressées, en écussons bleu, blanc, rouge avec, en jaune d'or, les initiales obligées; le tout, fruit d'une souscription depuis un sou. Ce, au nord de Paris (je ne parle que de ce que j'ai vu, du Nord sérieusement démocratique, Belleville, Ménilmontant). Au Sud, faubourg Saint-Jacques, Montrouge, calme plat, rien.

Mais, dans un de « mes » hôpitaux vers ces régions, les malades, si froids (en apparence), je l'espère, car les sentiments profonds sont jaloux et discrets, à l'égard de notre forme actuelle de gouvernement, s'épanchent en manifestations reconnaissantes et respectueuses envers leur chef de service, l'illustre et vénéré Dr..., à l'époque de sa fête, qui tombe à la Saint-G..., si ma mémoire est bonne. Festons, astragales, bouquets, compliments. Et le prince de la science ne reste pas en affront, et régale princièrement ses humbles clients d'un beau concert, de tasses, prudemment mais gentiment aromatisées, de thé et de café, de gâteaux et sucreries, qui mettent pour quelque temps de la joie et de la gaieté dans ces pauvres cœurs tout gratitude pour les bons soins et la délicate attention.

Et je préfère, quel que soit mon chauvinisme révolutionnaire bien connu, cette fête de la vraie Fraternité à la tienne d'hier, Liberté, Liberté chérie !

VIII

Car c'est la dernière de cette série, peut-être la définitivement dernière, et je croyais même bien qu'elle n'existerait pas, cette chronique-ci que force pourtant m'est d'écrire en vue de remplir tout un petit programme d'impressions nullement socialistes, comme c'est de mode, ni surtout *anarchistes*, un mot bête mal emprunté au « grand » Proudhon d'antan par des jeunes gens aimables, mais insuffisants.

Donc, en décembre dernier, je fus pris subitement d'une douleur rhumatismale atroce, mais déjà ressentie, jadis, au genou gauche; — cette fois, c'était au poignet de la même latitude. Cela se passait dans le faubourg Saint ***, où se trouve un vaste hôpital dont je connaissais depuis longtemps l'excellent directeur, qui me fit admettre d'urgence dans le service du docteur T... Celui-ci fut littéralement si gentil, son interne aidant, pour moi, que j'éprouvai un littéral chagrin à me séparer de ces messieurs.

J'habitai une petite salle vitrée donnant en T sur une grande, si bien que, par la disposition directe de nos lits (nous étions cinq dont moi cinquième, vers un coin), je fus induit à nous comparer à des « figurants de la Morgue »; mais le bon docteur — au courant de mon nom — l'avait surnommée la salle des Décadents.

Que je fusse parfaitement heureux dans ce j'espère encore dernier hôpital, non. Seulement j'y vécus un mois tranquille, tout aux soins charmants et délicats d'un parfait corps médical et du personnel subalterne le plus dévoué possible.

Même les « camarades » étaient plaisants pour la plupart et cordiaux. L'un d'entre eux particulièrement, un soldat, — quel terrible homme tout moustaches! — sorti à peine des bataillons d'Afrique. Il ne croyait, le bon bougre, ni à Dieu, ni à diable (Parisien, en outre); et comme je lui objectais de temps en temps qu'il devait y avoir là-haut quelqu'un de plus malin que nous, et qu'il avait tort de ne pas croire en Lui et de ne pas s'y fier, mon Biribiste m'avait baptisé « ratichon », ce qui veut dire « curé » en argot. Il ne m'appelait

7

jamais autrement, et ce sobriquet délectait beaucoup ceux de nos voisins qui avaient la force de s'amuser.

Or çà, mes hôpitaux de ces dernières années, adieu! sinon au revoir; alors, salut! en tous cas; j'ai vécu calme et laborieux chez vous. Je ne vous ai quittés l'un après l'autre que pour, en quelque sorte, vous regretter, et si ma dignité d'homme relativement moins, pas beaucoup moins misérable que les plus tristement dénués de vos habitués, et mon juste instinct de bon citoyen ne voulant pas usurper des lits, hélas! tant enviés par tant de pauvres gens, me précipitèrent souventes, et souvent prématurées fois, hors de vos portes si bénies à l'arrivée, mais pas plus qu'à la sortie, soyez assurés, bons hôpitaux, qu'en dépit de toute monotonie nécessaire, de tout régime forcément sévère et de tous inconvénients inhérents, en définitive, à toute situation humaine, je vous garde un souvenir unique parmi tant d'autres remembrances, infiniment plus maussades, que la vie extérieure m'a fait, me fait encore et me fera subir, sans nul doute, encore et toujours.

TABLE

MES HOPITAUX

CHRONIQUES DE L'HÔPITAL

ÉVREUX, IMPRIMERIE DE CHARLES HÉRISSEY

ÉVREUX, IMPRIMERIE DE CHARLES HÉRISSEY

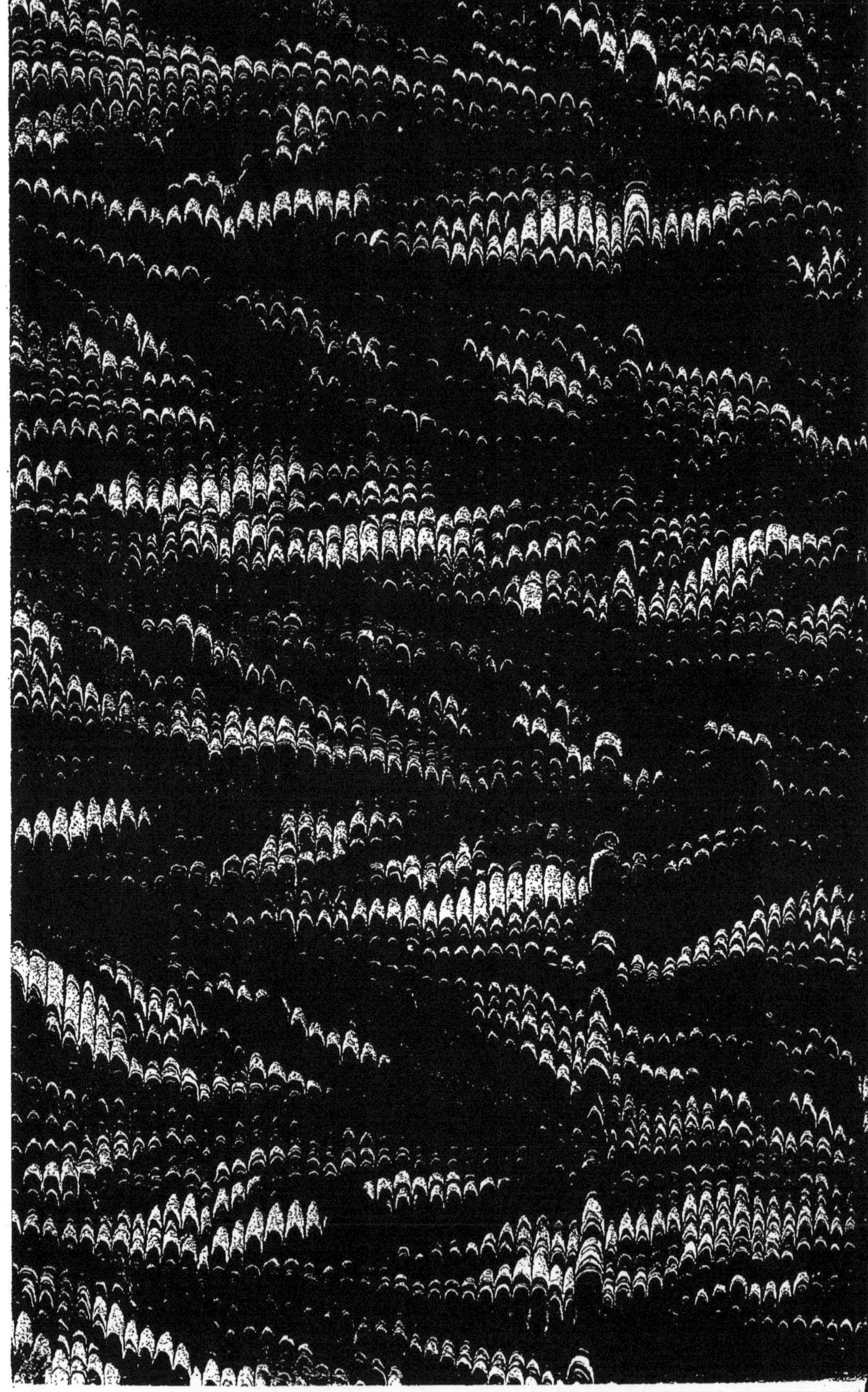

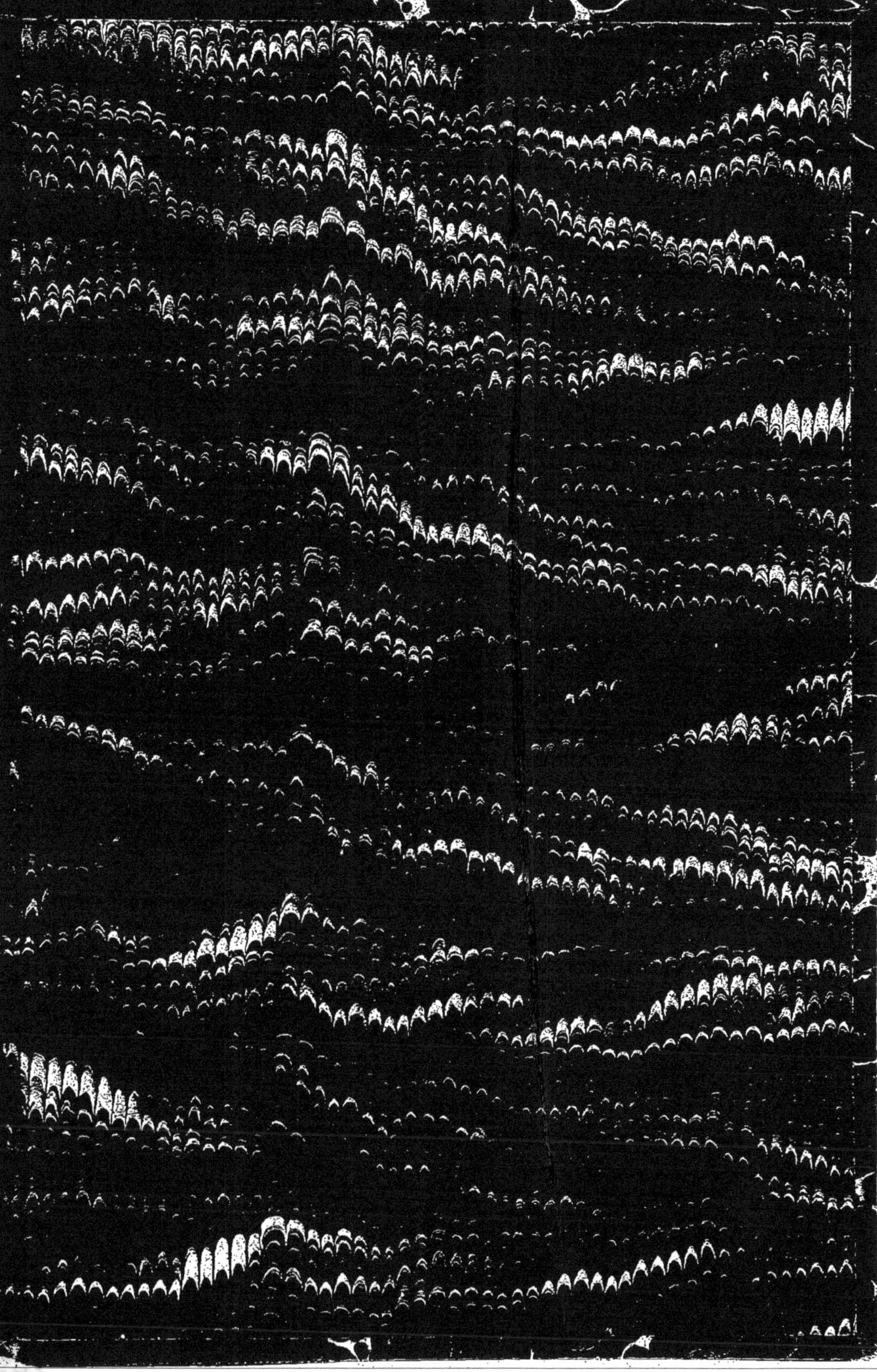

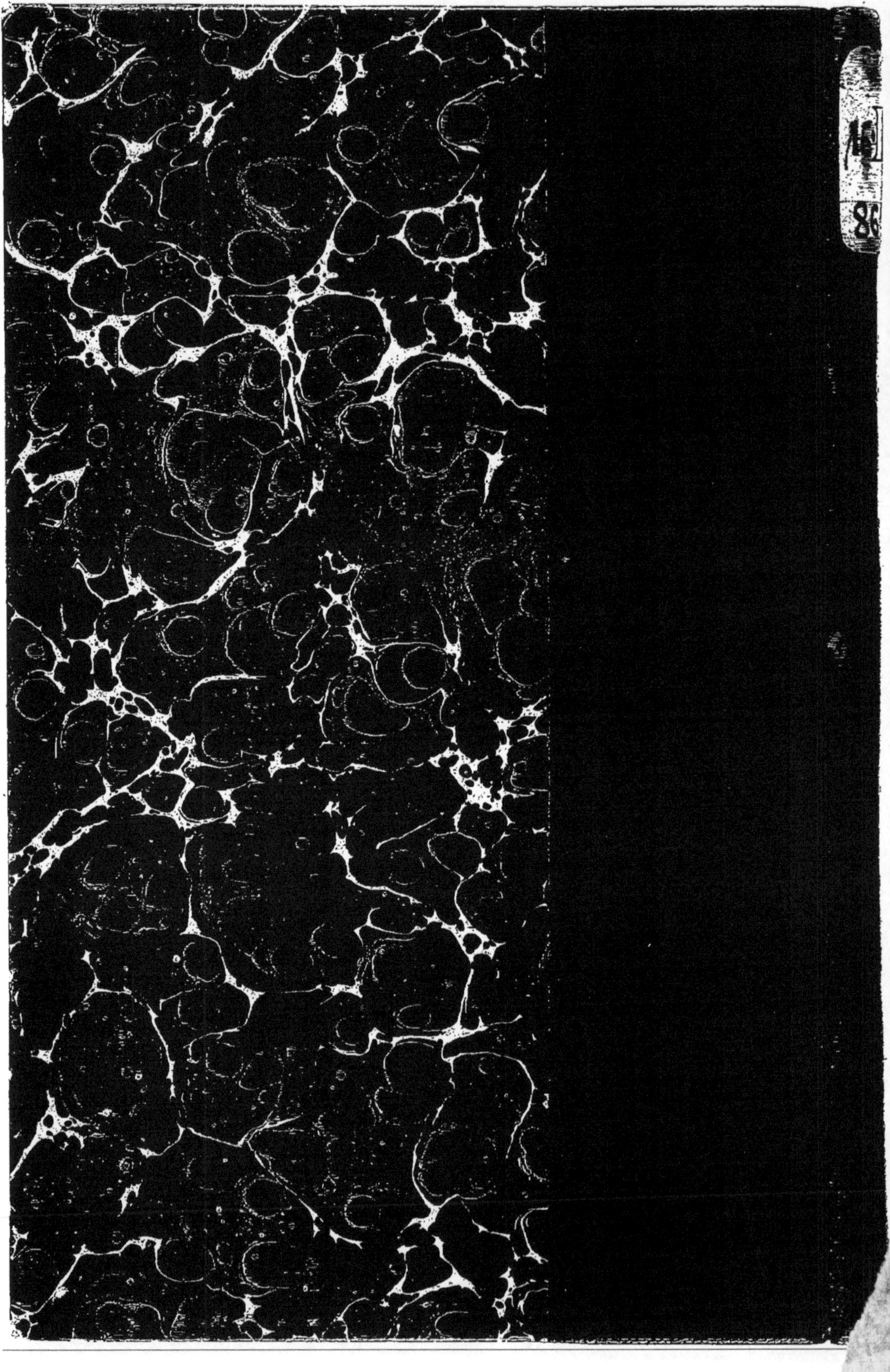

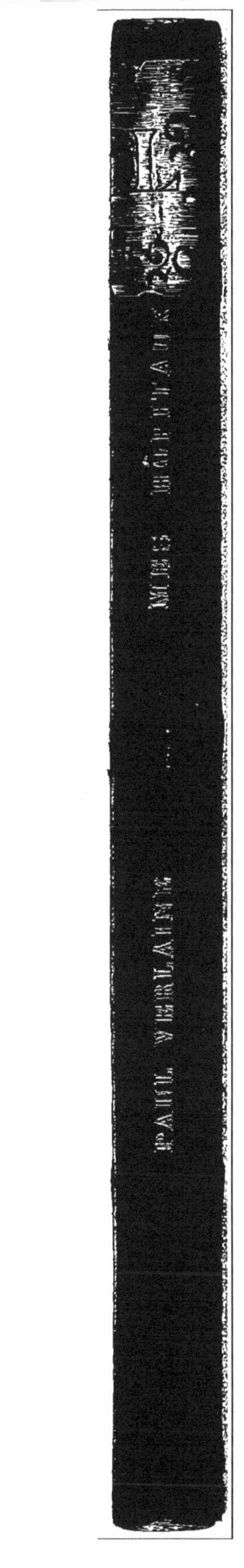

www.ingramcontent.com/pod-product-compliance
Ingram Content Group UK Ltd.
Pitfield, Milton Keynes, MK11 3LW, UK
UKHW021111200726
13857UKWH00003B/1183